KB015989

이제 호랑이가 온다

창비
청소년
시 선
40

이제
호랑이가
온다

남호섭 시집

창비

차
례

제1부

봄날의
경고

백두 대간

곰 한 마리가
지리산을 탈출했다

사람들 마을에 둘러싸여
섬처럼 갇혀 있던
지리산

끊어진
산길을 잇고
고속 도로를 가로질러

곰 한 마리가
백두산으로 뻗은
길을 찾았다

오소리 너구리 담비
멧돼지도 가고

호랑이가 온다
그 길을 따라

첫나들이폭포*

겨울잠에서 깬
새끼 반달곰이
나무를 타고

히어리가
봄을 알리려
노란 꽃을 피우고

산마루에서
햇살 쏟아지고

바위 밑
얼음이 녹는다

골짝이 부풀고
폭포가 터진다

* 지리산 한신계곡에서 만나는 첫 번째 폭포.

봄날의 경고

큰 소리로 음악을 들으면
청각이 손상될 수 있습니다

벚꽃은
꿀벌 때문에 귀먹겠습니다

탑 밑에 사는 할배

탑이 섰다
높이는 백 미터
76만 5천 볼트 전기가 흘러가는 탑이 섰다
(그 밑에서는 형광등을 들고 서 있기만 해도 불이 켜진
다)
밀양 할배 할매들이 십 년을 싸웠지만 마을마다 고압 송
전탑이 섰다

이제 송전탑 공사가 끝나고 우리 주민에게 남은 것이 무
엇입니까 세월호 아이들이 배 안에서 죽어 갔던 것처럼 송
전탑 밑에서 죽어 가는 일만 남았습니다 판사님 저에게는
징역형을 내려 주십시오 벌금형이 나오면 차라리 징역을
들어가 살겠습니다 이 부당한 일들에 저는 벌금을 낼 수가
없습니다*

탑은 날마다 운다
날이 흐리고 비가 올 때는 짐승 떼처럼 운다

14

* 송전탑 반대 투쟁으로 피고인이 된 '밀양 할배' 고준길의 법정 최후 진
술 중에서(밀양 할매 할배들,『탈핵 탈송전탑 원정대』, 한티재, 2015).

15

후쿠시마에 남겨진 동물들*

후쿠시마 핵 발전소가 폭발하고 반경 이십 킬로미터 안
쪽에 강제 피난 명령이 내려 사람이 전부 사라진 뒤 양계
장의 닭들은 전기와 물이 끊겨 서로에게 깔려 죽고 소와
돼지는 축사에 갇혀 굶어 죽고 묶여 있던 개들은 목줄에
묶인 채 죽고 가까스로 살아남은 개와 고양이들만 동네를
떠돌고 있었다 핵먼지 뒤집어쓴 동네를 지키고 있었다

* 오오타 야스스케가 쓴 『후쿠시마에 남겨진 동물들』(책공장더불어, 2013)
 이라는 책의 제목을 빌려 옴.

멸종

사람은 동물에게
값을 매기고

값이 높은 순서대로
동물은 멸종한다*

* 『시베리아의 위대한 영혼』(김영사, 2011)에서 지은이 박수용의 말을 조
금 고침.

늑대가 돌아오면

세계 최초의 국립 공원 옐로스톤에서
사라졌던 늑대를 다시 데려오자

맨 처음, 늑대들은
사슴을 잡아먹고
그 많던 사슴이 줄어들자
사슴들이 닥치는 대로 뜯어 먹던
어린잎이 무럭무럭 자라
큰 나무가 되고

그 나무에
새가 떼 지어 날아들고
큰 나무들의 뿌리는
비만 오면 쓸려 가던 흙을 붙들어
강기슭은 두터워지고
거기에서 비버랑 수달이 놀고

그리고 또

늑대는 코요테를 사냥하고
코요테가 줄어들자
토끼와 쥐가 늘어나고
늘어난 토끼와 쥐는
여우와 족제비, 오소리
하늘에 독수리까지 불러들이고

망명 1

러시아 연해주 시호테알린은
옛적 고구려와 발해의 땅
백두산 호랑이가 살고 있는 곳

한반도에 살던 호랑이가 지금 망명 가 있다고 생각하면
됩니다 개체 수가 늘면서 영역 확장이 시작되고 있어요 이
미 국경을 넘고 있는 거죠 백두산을 거쳐 남으로 다시 내
려올 가능성이 큽니다 이십 년이면 충분해요[*]

이제 호랑이가 온다

[*] 호랑이 연구자 이항 서울대 수의학과 교수가 JTBC「이규연의 스포트라
이트」(2020년 12월 26일)에서 한 말.

망명 2

동해 바다 북쪽 끝 사할린은 일제 때 탄광 노동자로 벌목공으로 끌려갔던 우리나라 사람 수만 명이 돌아오지 못한 섬 영하 오십 도까지 떨어지는 얼음 지옥에서도 농사짓고 물고기 잡아 마을을 이루고 도시를 세우고 그 후손들이 고향 그리워하며 살고 있는 곳

사할린 북쪽 바다 오호츠크에는 고래가 산다 한반도 남쪽 바다에서 태어나 오호츠크해에서 성장한다는 한국계 귀신고래, 동해를 가로막고 대포 같은 작살을 쏘아 대던 일제 포경선에 다 죽은 줄 알았던 그들이 칠천 년 전 울주 반구대 암각화에 그려진 그 모습 그대로 살고 있다

겨우 백여 마리 아니 백 마리도 넘게, 영영 끊어진 줄만 알았던 동해 바닷길 끝에서 그들이 살고 있다

풍년새우*

풍년새우가 우리 연못에 나타났어 연못은 웬 연못이냐
고? 몇 달 전에 우리 집에 자주 오는 택배 기사님이 연꽃
씨를 주고 갔잖아 이 집에는 연못이 있으면 딱 좋겠다고
하면서 이렇게 저렇게 방법도 알려 주고

어떻게 해 연못을 팠지 미리 싹도 틔웠어 그러고 꼭 논
흙에 심어야 한다 해서 논흙도 얻어다가 물을 채우고 연꽃
씨를 심었지 이 모든 일이 미리 짜 놓은 것처럼 착착 진행
되더라고

연잎이 쑥쑥 자라 동그란 잎이 연못을 덮기 시작했어 그
때쯤 그 애들이 나타난 거야 잠자리 날개처럼 속이 다 비
치는 몸통에 빨간 꼬리가 두 개, 물속을 날아다니는 듯 춤
을 추는 듯 마른 논흙에서 잠자고 있던 작은 알들이 깨어
난 거야

애들은 사막 같은 데서 만 년도 버틸 수 있다는 거야

우리 집 작은 연못엔 첫 연꽃이 아직 피지 않았는데 만
년 만에 알에서 깨어난 듯 풍년새우가 나타난 거야

* 농약을 치지 않은 논에서 주로 살고, 눈에 많이 띄면 그해는 풍년이 든
다고 해서 붙여진 이름.

지붕 1

오래된 기와집
처마 밑에

딱새가
집을 지었습니다

용마루 구멍에는
후투티가 들어왔습니다

올봄에 우리 집
시끄러워 큰일입니다

지붕 2

지붕 없이
사는 새들

지붕 없이
못 사는 사람들

지붕 아래
같이 산다

지붕 3

집 잘 짓는 까치는
지붕보다 높은
감나무 가지에서

집 지을 줄 모르는
후투티는 용마루 구멍에서

집 없는 길고양이는
마루 밑에서

쉿,
새끼를 품고 있습니다

제2부

이번 시즌은
망했다

이번 시즌은 망했다

우리나라 프로 야구계에서는 이런 말이 전설처럼 전해 내려온다 투수는 선동열 타자는 이승엽 야구는 이종범이지

이종범의 별명은 '바람의 아들' 그 아들도 프로 야구 선수가 되었다 고졸 신인으로는 역대 최다 안타 최다 득점을 기록하면서 날마다 '바람의 손자'의 활약상이 언론에 대서특필됐다 당연히 그해 신인상을 거머쥐고 이듬해 연봉은 307.4퍼센트나 인상된다

그러나 그런 바람의 손자에게도 슬럼프는 오게 마련, 코치에게 조언을 구하고 선배들에게 조언을 구해도 돌아오는 말은 걱정 마 너는 잘될 거야, 아무 도움이 안 됐다 그런 어느 날 집에서는 절대 야구 얘기를 꺼내지 않던 바람의 손자가 이렇게 물었다 아빠 어떻게 해야 슬럼프에서 벗어날 수 있어요?

잠시 아무 말 않고 빙긋이 웃기만 하던 바람의 아들은 이렇게 말했다

이번 시즌은 그냥 망했다고 생각해라

이 한마디뿐이었는데 다음 경기부터 바람의 손자 방망이에는 공이 딱 딱 잘 맞았다고 한다

이번 생은 망했다

한암 스님은 한국 전쟁 때 군사 작전상 오대산 상원사를
불태우려고 하는 국군에게 나도 함께 불태우라 하면서 끝
까지 물러서지 않았던 분이다

삼십 년 가까이 산문 밖을 나간 적 없고 죽 한 그릇과 차
한 잔 드시고는 깨끗하게 옷 갈아입고 가만히 참선하듯이
앉아 입적했다고 한다

뒤늦게 스님이 직접 쓴 구도기가 발견되었다 다른 도인
들처럼 어느 날 문득 도를 깨쳤다는 이야기는 없고 몇 차
례에 걸쳐 조금씩 나아갔지만 결국 스승께 아직 멀었다고
지적받았다는 이야기가 전부였다 제목도 '일생패궐(一生
敗闕)' 이것을 굳이 번역하자면

'이번 생은 망했다'

낮은 문

낮은 문으로 들어갈 때는
고개를 숙여야 한다

당연한 얘긴데
나는 자꾸 머리를 부딪친다

목욕탕에서

이주 노동자 세 사람
팬티 입은 채
목욕탕에 들어왔다

수영장에 온 사람들마냥
자기들끼리는 싱글벙글
냉탕 온탕 들락날락하는데

아무 말 못 하고 째려보는
사람들 사이에서
행복슈퍼 할아버지 하시는 말씀

다 보여 주는 건 우리 손해고
다 못 씻는 건 지놈들 손해지

설날 앞둔 일요일 아침
뜨거운 김 피어오르는 목욕탕에서
한데 어울려 목욕을 한다

숟가락

먹다 보면
가장 맛있는 순간이 온다

그릇에 담긴
그것과

꼭꼭 씹어 삼키는
입과

끝까지 냉정하던
숟가락이

모두 스르르
사라지는 순간이 온다

도라지꽃

빈터에다 여러 해
텃밭 가꾸던 원천댁 할머니

거기 창고 들어선다고
두 해나 키운 애들이 가엾다고
우리 집에 와서 하시던 말씀

그냥 꽃만 봐도 좋다니까

그렇게 해서
우리 뒤란에 옮겨 심은 도라지

봄 가뭄에
물 몇 번 준 것뿐인데

애들이 모두
할머니 마음 잊지 않고

34

보라는 보라대로
하양은 하양대로

제 빛깔 그대로
피었습니다

폭풍 전야

푸릇푸릇 보리 싹 날 때
허리 아파 떠났던 욕쟁이 덕산 할매
이듬해 보리 베고 나서야 돌아왔네

팔십 넘은 할맨데
수술하면 밭일은 이제 못 할 끼다
자식들이 그리 효잔데
다시 안 보내 줄 끼다

걱정 섞고 기대도 섞어 가며
덕산 할매 부치던 밭
한 뼘 한 뼘 파먹어 들어가더니
동네 할매들 이제 큰일 났네

허리 부러지도록 일하면 뭐 하노
밭을 떠메고 갈 것도 아닌데
욕심은 와 그리 많노

은근히 흉도 보면서
한패 됐던 동네 할매들
집 안에 숨어 벌벌 떨고 있네

휘이익 ―
때아닌 찬바람 몰아치는 아침

덕산 할매 아니 욕쟁이 할매
드디어 한 뼘 남은 자기 밭 앞에 서네

한 손에 호미 불끈 쥐고
한 손은 허리에 착, 얹고

사랑

벵골 호랑이 한 마리
인도의 한 동물원 둘레를
몇 주째 맴돌고 있었습니다

(오십 년 전에도 그런 호랑이가 있었습니다 동물원에 사
는 암컷에게 눈을 떼지 못하더니 훌쩍 울타리 안으로 뛰어
든 수컷이 있었습니다 그렇게 둘이 만나 새끼를 낳고 새끼
가 또 새끼를 낳고)

너른 영토 버리고
용맹도 다 버리고
제 발로 창살에 갇히고 싶은
호랑이를 위해
문을 열어 주었습니다

호랑이 우리로 통하는
작은 비상구는
일생에 딱 한 번

사랑에 눈멀 때
그렇게 열렸습니다

돌고 돈다

둥근 호숫가를
사람들이 돌고 돈다

삑삑 삑삑
디딜 때마다 소리 나는 신발로
뛰어가는 세 살

이어폰 귀에 꽂고
반바지 운동복으로
앞서 달리는 언니

모자 눌러쓰고
얼굴 가리개까지 하고
하늘 찌르며 걷는 사람

지팡이 짚고
불편한 한쪽 다리
절며 끌며 가는 할아버지

꼬리에 꼬리를 물고
돌고 돈다

기다립니다

고속 도로 휴게소
장애인 주차장에 조그마한 승용차
미끄러져 들어와 섭니다

운전석 문을 열고 나온
머리 희끗한 남자가 휴게소 층계 앞
보관함에서 휠체어를 꺼냅니다

승용차 뒷문 앞으로 밀고 가
몸을 쑥 밀어 넣고
다 큰 언니를 가슴에 끌어안고 나옵니다

휠체어에 앉히고
화장실 올라가는 오르막을
힘겹게 밀고 갑니다

같은 차에서 내린 여자가
여자 화장실 앞에서 휠체어 넘겨받아

안으로 들어갑니다

남자는 여자 화장실 앞에서 기다립니다

누구는 구운 감자 한 접시
다 먹을 동안
누구는 호두과자 한 봉지
다 비울 동안

기다립니다

세 사람

비 오는 어느 날 국회 의사당 앞에서 일인 시위를 하는 휠체어 탄 장
애인에게 경찰관 한 명이 우산을 씌워 주고 있었다 지나가던 한 사
람이 그 장면을 사진 찍어 SNS에 올렸다 훈훈한 미담이 되어 인터
넷을 뜨겁게 달궜다

이런 빗속에서도 일인 시위 하고 있네 며칠 전에도 왔던
사람인데 손이 불편해서 우산도 들지 못할 텐데 어떻게 하
지? 그냥 여기서 지켜보고 있는 것보다 우산이나 씌워 줘
야겠다

야, 저거 봐라 희한한 장면이다 경찰이 시위하는 사람
우산을 씌워 주다니 빨리 찍어서 올려야지 저렇게 착한 경
찰은 널리 알려야 돼 저 장애인은 얼마나 고마워할까 빨리
올려야지

경찰 아저씨 우산 필요 없어요 몇 번을 말해도 내 말을
못 알아듣네 싫다고 손을 몇 번 흔들어도 내 손은 안 보이
나 보다 할 수 없지 늘 그랬으니까 도와줄까요? 하고 먼저
내 의사를 묻는 사람은 없었어 저기 저 사람은 자기 멋대
로 사진도 찍네

44

독사보다 무서운

옛이야기 중에서

한 동네 친한 동무 둘이서 장에 갔다 오다가 길에 떨어진 물건을 보았습니다 한 사람은 독사다 독사야 하면서 돌아서 가는데 다른 사람은 그 물건이 아무리 봐도 엽전 꾸러미 같았습니다 그래서 속으로 욕심이 생겨 자기도 독사다 독사야 맞장구를 쳐 놓고는 동무와 헤어지자마자 다시그 자리에 달려갔습니다 분명 누군가가 떨어뜨리고 간 엽전 꾸러미였습니다 기쁜 마음에 주워 들었더니 갑자기 그것이 독사가 되어 그 사람 목을 물었습니다

봄 숲

나뭇가지마다
새로 시작되는 이야기

한 편 한 편
눈으로 읽다가
한 편 한 편
귀로 듣다가

푸드덕,
이야기 밖으로
날아가는 멧비둘기

먼 길

지리산 불일폭포 뛰어내릴 때
어린 물방울 형제는 몰랐다

앞으로 열 번 백 번
더 뛰어내려도

천 번 만 번
흩어졌다 다시 뭉쳐도

되돌아올 수 없는
먼 길이 시작됐다는 것을

제3부

세 개의
이름

기차표

1936년 베를린 올림픽 마라톤 경기에서 조선의 두 청년 이 금메달과 동메달을 땄다 시상대에 선 그들의 가슴엔 태 극기 대신 일장기가 박혀 있었다 금메달리스트 손기정은 우승 기념으로 받은 월계수 화분으로 그것을 겨우 가릴 수 있었지만 동메달리스트 남승룡은 그럴 수 없었다 국가가 울려 퍼지는 내내 고개만 떨구고 있었다

그런데 팔십 년 만에 손기정이 베를린까지 타고 갔던 기 차표가 발견되었다 부산—서울—신의주—하얼빈—이 르쿠츠크—모스크바—베를린, 우리 땅은 대륙을 달리는 마라톤의 출발선이었다 손기정은 기차가 역에 머물 때마 다 내려서 몸을 풀었다 쉬지 않고 달렸다 그 길의 끝에서 조선 청년 손기정은 세계 신기록으로 우승했다

지갑

엄마는 집을 나갔습니다 언니가 일곱 살 동생이 네 살 때였습니다 아버지는 오 년 전 길에서 얼어 죽었습니다 친척 집에 얹혀살다가 뛰쳐나와 찜질방을 옮겨 다니며 살았습니다 배가 고팠습니다 사고 싶은 게 많았습니다 결국 편의점에서 돈을 훔쳤습니다

창원 지방 법원 소년 법정, 이제 열여덟 살과 열다섯 살이 된 자매가 나란히 판사님* 앞에 섰습니다

애들아 지갑 하나씩 받아라 이제 다시는 남의 물건을 훔치면 안 된다 혹시 그런 생각이 들면 이 지갑을 생각해라 여기 돈도 있으니까 떨어지면 연락해 다시 채워 줄게 다시는 이 법정에서 만나지 말자

언니와 동생은 두 손 모아 지갑을 받았습니다

* 소년부 판사 천종호(1965~   ).

라과디아 판사

1930년 뉴욕, 라과디아 판사의 판결이 시작되었다 피고는 빵집에서 빵을 훔친 할머니, 아무리 딱한 사정이라도 예외는 있을 수 없습니다 남의 물건을 훔친 일은 명백한 범죄이므로 벌금 10달러를 선고합니다

사흘 굶은 손주들 먹이려고 빵 한 조각 훔친 할머니의 사연을 알고 있던 방청객들이 술렁였다 벌금을 갚지 못할 게 뻔하고 그렇게 되면 감옥살이를 해야 하는 상황, 라과디아 판사는 잠시 숨을 고르더니 판결을 이어 갔다

그러나 잘못을 저 할머니에게만 책임 지울 수는 없습니다 굶고 있는 사람들을 놔두고 좋은 음식을 너무 많이 먹어 온 본 판사에게도 벌금 10달러를 선고합니다 또 한 번 방청석이 술렁였다

아울러 이웃이 이렇게 될 동안 도와주지 못한 여기 계신 뉴욕 시민들께도 각각 벌금 50센트씩을 선고합니다

맨 먼저 10달러를 모자에 넣고 라과디아는 방청석으로 그것을 건넸다 처음엔 어리둥절해하던 할머니 눈에 눈물이 하염없이 흘렀고 벌금을 내면서도 방청객들은 싱글벙글 웃고 있었다

모두 57달러 50센트, 할머니는 10달러를 벌금으로 내고 나머지는 손에 꼭 쥔 채 손주들이 기다리는 집으로 돌아갔다

윤이상의 요강

세계에서 가장 유명세를 탄 변기는
마르셀 뒤샹의 변기일 것이다
그는 남성용 소변기에다 '샘'이란 제목을 붙임으로
현대 미술을 그 이전과 이후로 갈랐다
1917년의 일이다

그해 윤이상이 태어났다
서양 음악에 우리 사상과 우리 소리를 결합해
이전에 없던 음악을 작곡하자
콧대 높은 베토벤과 모차르트의 후예들이
그를 현대 음악의 5대 거장으로 꼽았다

통영에 윤이상을 기념하는 공원이 만들어졌고
　(얼마 전까지 윤이상이란 이름을 쓸 수 없어 '도천테마
공원'이라고 했는데 공원 안 건물 이 층에 유품도 전시하
고 있었다 찾아가기 어려워서 멀리서도 잘 보이는 '테마
24시 사우나'를 이정표 삼곤 했다)

유품 중에는 어린 윤이상이 쓰던
조그만 놋쇠 요강도 전시돼 있다
동글동글 온음표를 닮은 듯
달 항아리를 닮은 듯
조명을 받아 어여쁘기도 하다

고 앙증맞은 요강 뚜껑을 열고
쫄쫄쫄 볼일을 보던 꼬마는
그러나 영영 집에 돌아오지 못했다

화가

화가 이중섭은 다섯 살부터 그림 그리기를 좋아했는데 어느 날 외할머니가 사과 한 알 주자 그걸 그림으로 그리고 나서야 먹었다

전쟁이 나서 종이와 물감이 없을 때는 담뱃갑 은박지에도 그림을 그렸는데 두 아들을 닮은 아이들을 붓 대신 못으로 새기듯 그렸다

잘 곳이 없어도 그렸고 먹을 것이 없어도 그렸고 외로워도 그렸고 슬퍼도 그렸고 그저 그리고 또 그렸다*

그러나 전쟁 때 헤어진 가족을 다시 만나는 그림은 끝내 그리지 못했다

* 화가의 오랜 친구 구상(1919~2004) 시인의 말에서 따옴.

간디

말년의 그에게 한 기자가 물었다

당신이 전 생애를 걸고 인류에게 들려주려 한 메시지가
있다면 그것이 무엇입니까?

그날은 마침 그가 묵언하는 날, 하얀 종이 위에 그는 이
렇게 대답했다

내 삶이 곧 내 메시지입니다

호랑이 시식회*

1917년 도쿄 제국 호텔 연회장 이백여 명의 고관과 명사들이 끼리끼리 원탁에 모여 앉았다 배경으로 대나무 숲을 꾸미고 당장에라도 뛰쳐나올 것 같은 호랑이와 표범, 곰과 노루의 박제까지 배치해 놓았다

잠시 뒤 무대 위로 모임의 주최자 야마모토가 올라왔다 임진년 전쟁 때 병사들 사기 높인다고 조선 호랑이를 잡은 적이 있습니다만 이제는 우리 땅이 된 조선에서 호랑이를 마음껏 사냥할 수 있게 되었습니다

인사말이 길어지면서 한껏 차려입은 사람들 목구멍에서 침 넘기는 소리가 꼴깍 들렸다 비록 박제이긴 해도 그것은 백두산 호랑이, 그 붉은 눈을 똑바로 보지 못하고 힐끗힐끗 그들은 눈알을 굴려 댔다

그들 앞에 놓인 메뉴판의 내용은 이랬다
1. 호랑이 고기(푹 익히고 토마토케첩 곁들임)
2. 영흥 기러기 수프

3. 부산 도미 양주 찜

4. 북청 산양 볶음(야채 곁들임)

5. 고원 멧돼지구이(크랜베리 소스와 샐러드 곁들임)

6. 아이스크림(과자 곁들임)

7. 과일과 커피

* 야마모토 다다사부로가 쓴 『정호기』(에이도스, 2014) 중에서.

신문

프랑스는 2차 세계 대전 때 독일에 4년간 점령당했다 해방되자마자 독일 편에 섰던 민족 반역자 수만 명을 감옥에 보내고 수천 명을 사형에 처했다 그리고 독일 점령 아래서 15일 이상 발행한 신문을 모조리 폐간시켰다 '언론인은 도덕의 상징이기 때문에 첫 심판대에 올려 가차 없이 처단해야 한다' 드골 대통령이 말했다

우리나라는 35년 동안 일본에 점령당했다 그러나 민족 반역자로 처벌된 사람은 아무도 없다 '일본군 입대는 조선인의 의무다 황국 신민이 된 사람으로 그 누가 감격치 아니하며 그 누가 감사치 아니하랴'라는 사설을 썼던 신문도 멀쩡했다 사죄하는 말 한마디 없어도 아직껏 잘 팔리고 있다

백발노인 강우규

1919년 9월 2일 해 질 무렵 서울역 광장에서 폭탄이 터진다 새로 부임해 오는 조선 총독 사이토 마코토를 환영 나온 총독부 관리들 군사령관 헌병대장 그리고 이완용 백작이 흙바닥에 납작납작 엎어진다 생쥐들처럼 구멍을 찾아 헤맨다 간신히 살아남은 사이토는 겁에 질린 눈알만 떼굴떼굴 굴린다 말들이 날뛰고 육군 소장이 쓰러지고 경찰서장이 피를 흘리고 구경꾼들이 혼을 빼고 흩어지는 사이로 유유히 빠져나오는 오직 한 사람 흰머리에 흰 수염 하얀 두루마기가 잘 어울리던 그 사람

덕유산 호랑이

1911년 한가위 무렵 고향 집에 은밀히 들른 의병대장 문태서는 사촌 매부 임종두와 조한기를 만난다 어릴 적 동무들이라 잠깐 마음을 놓고 술 한잔 같이 한다 산 생활을 오래 했기 때문에 문 대장은 금방 술기운이 올랐으리라

임종두와 조한기는 때맞춰 숨겨 온 쇠망치로 문 대장의 무릎을 내리친다 수백 번의 전투에서 일본군을 벌벌 떨게 했던 '덕유산 호랑이' 무릎이 뚝, 끊어진다

일본에 잘 보일 방법을 찾던 서상 면장 최영내는 문 대장을 잡아 바칠 계략을 꾸몄다 최영내의 권세에 빌붙고 싶은 임종두와 조한기는 뒷돈까지 약속받고 기꺼이 배신자가 되었다

온몸이 꽁꽁 묶여 서울로 끌려가는 문 대장을 보려고 사람들이 구름처럼 몰려든다 그때 문 대장 나이는 서른셋, 서대문 형무소에서 모진 고문 끝에 자결한다 최영내 임종두 조한기 같은 사람들은 그 뒤로도 오래오래 살았다

우종수 약전

이 할아버지는 그냥 지리산 할아버지야 지금쯤은 지리산 산신령이랑 친구 하고 있을지 몰라 지리산 어느 골짜기에서 불쑥 마주칠지도 몰라

청년 시절에 할아버지는 일본군에 징집됐어 이때 할아버지는 무장 투쟁을 결심하고 동지들을 모아 금강산에 들어갔어 그러나 곧 해방이 됐고 이어서 전쟁이 나고 말았지

전쟁이 끝나고 지리산 자락 구례에서 살게 된 할아버지는 '연하반'이라는 최초의 지리산 산악 모임을 만들었어 그 뒤로 할아버지 앞에는 최초라는 말이 여러 번 붙게 돼 전쟁 끝나고 지리산에 들어간 최초의 민간인 최초의 지리산 종주 최초로 만든 지리산 등반 지도 등등

그러다 지리산에서 하루에도 수십 트럭씩 나무가 베어지는 걸 보게 됐어 가만두었다가는 얼마 못 가 지리산은 벌거숭이가 될 게 뻔했어 전쟁 끝나고 집 지을 나무가 많이 필요했고 땔감으로도 나무를 많이 쓰던 때였지만 모두

불법으로 이루어지고 있었지

할아버지와 친구들만으로는 막을 수 없었어 나무를 베어 가는 사람들은 돈 많고 권력 있는 사람들이었거든 그때쯤 할아버지는 다른 나라에 국립 공원이라는 제도가 있다는 말을 들었어 자연 보호라는 말도 낯선 시대에 법률로 자연을 지켜 낼 수 있다는 사실에 새로운 눈을 뜬 거지

국립 공원 지정 운동은 그렇게 시작됐어 할아버지는 다시 한번 독립운동을 한다는 심정이었을지도 몰라 욕심 많은 사람들이 온갖 방법으로 지리산을 침범해 왔고 국립 공원 지정을 방해했으니까

이때 구례 사람들이 함께 일어섰던 거지 집집마다 십 원씩을 모았어 모두 십만 원, 집 한 채를 살 수 있는 큰돈이었어 그 돈이 국립 공원 운동 자금이 된 거야 할아버지에게는 독립운동 자금이나 마찬가지였지

구례 사람들도 지리산을 지키는 일이 나라를 지키는 일이라는 생각을 했던 거야 원시림을 지키고 그 속에 살아가는 짐승들을 지켜야 우리도 같이 살 수 있다는 생각을 그 때 벌써 했던 거야

그렇게 오 년이 지나 1967년 12월 29일, 드디어 지리산은 우리나라 최초의 국립 공원이 되었어 그러고 나서 할아버지는 행복하게 사시다가 아흔셋에 돌아가셨어 아니, 그날도 그냥 지리산에 가셨어

세 개의 이름

빼앗긴 나라는 가난했어요 하지만 남쪽 바닷가 마을은
평화롭기만 했죠 조개 줍고 봄나물 캐고 사내애들 다 쫓
아 보내고 여자애들끼리 미역도 감고 누가 남이를 좋아한
다는 말이 들려오기도 했지요 그런 어느 날 남이는 강제로
끌려갔어요 어머니는 죽는 날까지 울면서 말했지요 우리
남이 열여섯 먹어서 갔다 그때 왜놈들이 잡아갔다

남이는 무서운 파도에 실려 캄보디아까지 끌려갔어요
다닥다닥 붙은 조그만 방에 꼼짝없이 갇혔어요 일본군들
이 짐승처럼 달려들었지요 아무리 소리치고 발버둥 쳐도
막아 낼 수 없었어요 시키는 대로 안 하면 칼을 휘둘렀어
요 칼날 흉터가 가슴에 세 군데나 생겼어요 일본군들은 이
름도 빼앗아 갔어요 불릴 때마다 소름 끼치던 일본군 위안
부 하나코

일본은 패망했고 강제로 끌려갔던 남이는 그대로 버려
졌어요 그러나 캄보디아는 이남이로도 하나코로도 살아
갈 수 없는 땅이었지요 사람들이 붙여 준 이름은 렁 훈 캄

보디아 남편을 맞아 아이 셋을 낳고 살았어요 오십 년이 넘도록 캄보디아 사람처럼 살았어요 우리말도 잊고 부모 형제 이름도 잊고 자기 이름마저 잊고서

캄보디아 시골 마을에서 남이를 찾았어요 남이가 잊지 않은 우리말은 오직 고향 마을 이름 '진동'뿐이었어요 열여섯 소녀가 일흔이 넘은 할머니가 되어 진동으로 돌아왔어요 하지만 고향에 살아 있는 막냇동생을 만나 동생아 언니야 아무리 불러 봐도 말이 통하지 않았어요 말이 통하지 않으니 마음도 통하지 않았어요

고향에서도 낯선 사람이 된 할머니는 어쩔 수 없이 캄보디아로 다시 돌아갔어요 그리고 거기에서 이남이, 하나코, 렁 훈 할머니는 고단한 삶을 마쳤어요

김형률

1

형률이는 늘 아픈 아이 쌍둥이 동생도 두 살 때 폐렴으로 죽고 밤마다 기침을 하다가 까무러치곤 했다 학교도 끝까지 다닐 수 없었다 왜 나는 이렇게 아플까요? 누구한테도 속 시원히 답을 듣지 못하다가 스무 살이 넘어서야 병명을 알게 되었다 선천성 면역글로불린결핍증 면역 능력이 신생아 수준인 희귀 난치병

2

1945년 8월 6일 아침 히로시마에 핵폭탄이 떨어졌다 십만 명 넘는 사람이 그 자리에서 죽었다 강제로 일본에 끌려가 값싼 노동자로 살아가던 조선인도 삼만 명 넘게 죽었다 그리고 수십만 명은 방사능에 오염되었다 곡지네 다섯 식구도 거기 살고 있었다 핵폭발로 이층집이 무너져 아버지와 언니가 깔려 죽었다 일본은 패망했고 엄마와 곡지는 갓 태어난 동생을 업고 해방된 고향 합천으로 울면서 돌아왔다 곡지 나이 다섯 살 방사능에 오염된 아이였다 그로부터 이십오 년이 흘러 형률이를 낳았다

3

형률이는 방 안에만 갇혀 지낼 수 없었다 기침 때문에
한여름에도 긴팔에 점퍼까지 입어야 했지만 방 밖으로 걸
어 나갔다 핵폭탄 피해자 2세라는 사실을 최초로 세상에
밝혔다 나는 아프다 당당히 말했다 전쟁을 일으킨 일본에
게 핵폭탄을 터뜨린 미국에게 그리고 우리 정부에게 외쳤
다 우리도 사람답게 살고 싶다 키 163센티미터 몸무게 37
킬로그램의 몸집으로 모든 걸 바친 나이는 서른다섯, 영원
한 청년이었다

길

안산 단원고 2학년들과 동급생인 우리 학교 안미루가 내게 휴대 전화 문자 메시지를 보냈다 읽기 쉽게 행갈이만 해서 여기 그대로 옮긴다

호섭 쌤,
세월호 백 일 추모 집회 갔다가 돌아오는데
전경들한테 길이 막혔어요

어쩌다 제가 맨 앞에 섰는데
다른 사람들은 전경들이 막아선 길을 놔두고
화단으로 돌아서 가고 있었어요

돌아갈 수 있단 걸 알았지만
저는 절대 그러고 싶지 않았어요
제 작은 권리인 인도를 밟으며 지나가고 싶었어요

집에 갈 거예요 비켜 주세요

전경들한테 말했지만 팔짱을 낀 채 보내 주지 않았어요
결국 제 옆에 있던 사람들과 전경들의 몸싸움이 시작됐

어요

저는 막 떠밀렸고
옆에 있던 어떤 오빠가
부서진 경찰 시설물에 발이 찔릴 뻔하자
사십 대 중반 정도로 보이는 경찰 아저씨가
저를 온몸으로 보호하시며 시민들에게 말했어요

학생이 다칩니다 제발 조심해 주세요
제게도 애절하게 말씀하셨어요
학생아 그러다 다친다 저기로 돌아가면 길 나와 돌아가
저는 울음이 터져 나왔어요
그리고 엉엉 울면서 얘기했어요

저도 돌아갈 수 있는 거 알아요
근데 못 돌아가겠어요 비켜 주세요
저 집에 가야 해요 이 길로 꼭 가야 해요

딱 저만 한 아이의 아빠 같은 경찰 아저씨와
우리 오빠 또래인 전경 오빠들은
저를 미안함 섞인 표정으로 바라보았어요

경찰 아저씨가 또 말했어요
마음은 안다 학생아 미안하다 아저씨가 일해야 해서 그래
저는 더 크게 울면서 말했어요
이런 일 안 하시면 되잖아요 저 여기로 못 가면 안 갈 거
예요

아저씨는 계속 저를 온몸으로 보호하시고
전경 오빠들에게도 다치지 않게 하라고
몇 차례 당부했어요

미안하다 학생아 미안해
저에게 되풀이하여 말하시더니
결국 전경 오빠들에게 나지막하게
길 터 줘라

72

저만 조용히 보내 주시는 거였어요

몇백 몇천일지 모르는 사람들 가운데 저만요
잠깐 고민했어요

여기 길 텄어요!

소리를 질러 시민들의 길을 확보할까
아니면 조용히 나만 지나갈까

전 조용히 그 길로 집에 돌아왔어요
너무 미안해하시며 절 보호하고
난처한 상황에서도 저라도 조용히 보내 주려 애쓰신
아저씨께 죄송하고 측은한 마음이 들어서였어요

쌤,
제가 어떻게 하는 게 옳았을까요?
간디학교는 이럴 때 어떻게 하라고 가르칠까요?

돌아오는 길, 마음이 아파 한참을 운
미루 올림

제4부

나는
느리다

어느 교장 선생 훈화 말씀

아시아 역대 최고라는
차범근 선수가 쓴 글에 이런 말이 있더라

  그 시절은 나 같은 축구 선수들 책꽂이에도 시집 몇 권
씩은 꽂혀 있었다 그것은 일종의 문화가 아니었나 하는 생
각이 든다

폐결핵에 걸려 프로 축구 선수의 꿈을 접었던
알베르 카뮈는 작가가 돼서 노벨 문학상까지 받는다
그래도 축구에 대한 사랑은 식지 않아서
다시 기회가 오면 축구와 문학 중 어느 것을 택하겠나?
친구가 물었더니 이렇게 답했다고 한다
당연히 축구지 그걸 말이라고 하고 있나

시인 윤동주도 학창 시절
학교를 대표하는 축구 선수였다
패스 잘 넣어 주는 중앙 미드필더 동주는
홀로 밤이 되면 이렇게 다짐을 하곤 했단다

별을 노래하는 마음으로
모든 죽어 가는 것을 사랑해야지
그리고 나한테 주어진 길을
걸어가야겠다

그러니까 얘들아
날마다 축구하는 거는 좋은데
이따금 시도 좀 읽어라

전설 1
치킨 반성문

죄송합니다 학교 식구들과의 약속을 어겼습니다 치킨이 너무 먹고 싶어서 노작 시간에 학교를 빠져나와 마을 회관 옥상에서 먹었습니다 수업 시간 중간에 나와서 치킨 두 마리를 미리 시켰습니다 돈은 이만사천 원이었는데 아롬이는 돈이 없었고 종화 경란 다모가 팔천 원씩 모아서 돈을 냈습니다 배달 음식을 먹으면 안 되는데 우리는 시켜 먹었습니다 식구들에게 진심으로 사과드리고 진심으로 반성하고 있습니다

위의 '치킨 반성문'은 십 년이 흐른 뒤 교사 이○○의 서랍 깊숙한 곳에서 발굴되어 즉각 당사자 네 명의 SNS로 발송되었다

전설 2
지구특공대

누나, 방학 한 달 동안 머리 안 감았는데 머리에서 냄새
가 안 나, 맡아 볼래?

응, …으응? 정말 냄새가 안 나네 신기하다

환경 동아리 '지구특공대' 출신의 주정재와 장지현이 나
눴다는 이 대화는 십오 년이 지난 지금도 간디학교 후배들
사이에서 전설로 전해지고 있다

주정재의 담임이었던 남○○ 교사는 주정재의 혼인식
주례사에서 이 얘기를 퍼뜨리기도 했다

안아 주었다

학교에서 돈이 없어졌다
모두 모여
세 시간 넘게 회의를 하고 있었다

어떻게든 범인을 잡아야 한다는 아이들과
그 친구도 한 식구니까
모두가 같이 책임지자는 아이들이
팽팽히 맞서고 있을 때

의정이가 말했다
이럴 때 우리 엄마는
말없이 안아 주기만 했어요
그러면 나는 엉엉 울면서 잘못을 깨달았어요

이어서 지영이가 말했다
이러쿵저러쿵 말만 하지 말고
지금 바로 서로를 안아 줍시다

지영이가 의정이를 맨 먼저 꼭 껴안았다
머뭇거리던 아이들도 안아 주기 시작했다
웃으면서 울면서 서로를 안아 주었다

그 아이도
누군가를 안아 주었을 것이고
누군가에게 꼭 안겼을 것이다

꿈

내 학창 시절 꿈은
생활 기록부에나 적히는 거였다

담임 선생님 강요와
친구들 꿈을 따라갔을 뿐이었다

어찌어찌 재수까지 해서
대학을 나와 선생이 되고 보니
아이들 꿈을 듣고
기록하는 처지가 되었다

장래 희망: 지렁이
이유: 눈도 귀도 없이 살 수 있으니까

한 아이가
목청 없이도 울음 우는
지렁이처럼 울고 있다

하루하루
이 길이려니 걸어왔지만
아이들을 기록하는 내 손은
아직도 늘 떨린다

시인 1

시 쓸 때마다
어떻게 써야 할지 막막하기만 한 내가
'시 창작 입문'을 맡고 있을 때
그는 내 학생이었다

먼저 둘러앉아
도자기실에서 가져온 올망졸망한 찻잔에
발효차를 내려 주면
홀짝홀짝 마시며 잡담으로 한 시간

마침 거기는 온돌이 깔린
교실이어서 누구는 엎드려서
누구는 이리저리 뒹굴면서
누구는 코를 골면서
시 쓰는 데 한 시간

그날 쓴 시를 돌아가며
소리 내서 읽고

조금은 우쭐하고
조금은 부끄러우면서
마음이 열리는 데 한 시간

그날따라 잡담이 길어져
그럼 오늘은 딱 한 줄만 쓰자

이렇게 해서 그가
그날 쓴 시 한 줄

내가 모르는 저 숲이 먼저 나를 알아본다*

제목도 행간도 없는
단 한 줄, 그의 열아홉
그때 우리는
저 숲속의 작은 나무들이었다

* 정해강(1999~2020)의 유고 시집 『내가 모르는 저 숲이 먼저 나를 알아
본다』(작은숲, 2020).

시인 2

그는 스물한 살
겨울에 군대 가서
이듬해 봄을 보지 못했다

여름이 시작될 무렵
그의 어머니가
두툼한 원고를 들고 나를 찾아왔다

해강이 시가 덧없이 사라질까 두려워서요

그 여름은 수십 년만의 더위가 왔고

어쩌다 보니 / 새벽 두 시다 / 어쩌다 보니 / 스물한 살이
다 / 어쩌다 보니 / 소섬으로 흘러 들어왔다 // 아직 / 느껴야
할 것이 많이 남았다*

나는 그와 함께 '소섬'에서 한 철을 났다

고등학생인 그가 큰 섬을 도보 순례하고
배 타고 들어가 쉬던 작은 섬

이따금 수십 수백 돌고래가
떼 지어 헤엄치는 그 섬에 그는 남고
나는 혼자 나와 그의 시집을 묶어 냈다

* 정해강의 「우도」(『내가 모르는 저 숲이 먼저 나를 알아본다』) 중에서.

시인 3

고재* 마룻장으로 만든 소담한 찻상이 내 앞에 있다

저 숲속의 한 작은 나무가 큰 나무 되고 숲 떠나 재목으로 매겨져 여러 해 반복되는 계절을 지나 물기 다 빼고 단단해져 비로소 마룻장 되고 지붕 헐고 바람벽 기울어지는 세월까지 다 살아 내고 하나둘 이가 빠지듯 흩어지는 마룻장

그 마룻장 하나 얻어 몇 날 며칠 깎고 다듬고 메우고 칠하고 단단하고 건조한 고재에 똑 떨어져 스미는 땀방울처럼 자기 마음 스미는 걸 아는지 모르는지 몰두하던 한 사람, 찻상으로 일어설 수 있게 발도 만들어 끼우고 마무리로 꾹 눌러 찍는 불도장

'저 숲나무'

황금빛 보자기에 싸서 그의 아버지가 내게 들고 온 이것

---

* 오래된 한옥 등에 사용되었던 것을 다시 되살려 다양한 용도로 쓸 수 있는 목재.

보길초등학교 돌담

남쪽 바다 보길도에 가면 보길초등학교가 있는데요 '윤
선도 원림'이라 불리는 예쁜 정원하고 하나처럼 붙어 있지
요 돌담이 갈라놓았지만 멀리서 보면 그냥 거기가 거기 같
아요

지국총 지국총 어사와 그 정원 주인이 사백 년 전에 지
어 부르던 노랫소리가 야트막한 담을 넘어와요 아이들 웃
음소리는 담을 넘어가요

지국총 지국총 어사와 어떤 아이는 점심시간에 넘어갔
다 왔는데 학교가 끝나 있고, 어떤 아이는 시험 보는 날 아
침에 잠깐 넘어갔다 왔는데 며칠이 흘렀더래요

남쪽 바다 보길도에 가면 백 년밖에 안 된 보길초등학교
가 사백 년 정원을 야트막한 돌담으로 감싸고 있어요 어,
지금도 한 아이가 담을 넘고 있어요

망덕 포구

보경 쌤*과 자전거를 탄다
옛 하동역은 폐쇄됐지만
철길은 멋진 자전거 길로 되살려 놓았다

자전거로 철교를 건너
섬진강이 바다와 만나는
망덕 포구까지 간다

망덕 포구는 정병욱 옛집이 있는 곳
친구 윤동주의 육필 원고를
마룻장 밑에 숨겨 지켜 낸 곳

나는 두 사람의 우정에 대해 얘기하고
보경 쌤은 시인의 고향
명동촌에 답사 갔던 얘기를 하고

몸이 아파 학교를 휴직 중이지만
보경 쌤은 칠 년 동안이나

국가 보안법과도 싸워 이긴 사람

자전거 길 종점인 배알도가
빤히 보이는 포구 식당에 앉아
졸복탕을 먹으면서
우리는 다시 돌아갈 힘을 낸다

* 산청 간디학교 교사 최보경, 2008년 국가 보안법 위반 혐의로 기소되어
  2015년 대법원에서 최종 무죄 판결을 받음.

첫사랑 1

여대를 막 졸업하고 오신
중학교 2학년 때 우리 국어 선생님

한 학년에 열 반씩
그놈이 다 그놈 같았을 남자 중학교
어쩌다 심훈의 『상록수』를 재미있게 읽었다는 말에
그때부터 내게 책을 빌려 주시기 시작하는 거였다

우리나라 최초의 신소설에서부터
최초의 장편 소설 그리고
염상섭의 「표본실의 청개구리」까지

문학사를 훑어 내리며 읽는데
읽기야 어떻게든 읽어 냈지만
나는 그 책을 돌려드리는 게
더 어려웠다

교실에서 책을 꺼내면

친구들에게 비밀을 들킬 거 같고
교무실에 가면 선생님들이 놀릴 거 같고

혼자 얼굴만 빨개져서 하루 이틀
책은 전해 드리지 못하고 일주일 이 주일
선생님 언저리만 맴돌다가

1920년대 문학사도 넘지 못하고
나의 개인 수업은
흐지부지 끝나 버렸다

첫사랑 2

방천둑 너머 양계장
둑길을 걸어 이따금 달걀을 사러 갔다

나는 그때
읍내의 여자 중학교 국어 쌤이었다

봄 소풍이었을까
아이들이랑 사진 찍고 있을 때
다가오지 못하고
멀리서 바라만 보던 아이

수업 때도 까르르까르르
책상까지 두드리는 아이들 속에서
빙긋이 웃기만 하던 아이

방천둑 너머 양계장에
그 아이가 살았다

달걀을 사러 가면
방 안으로 꼭꼭 숨던
얼굴 빨간 아이

중학교 2학년 국어 시간
신경림의 「가난한 사랑 노래」를 배우는 시간
유난히 눈이 반짝이다
촉촉해지던 그 아이

나는 그때
읍내의 여자 중학교 국어 쌤이었다

나는 느리다

하고 싶었던 말은
꼭 지나고 나서야 떠오르고

눈물은 울어야 할 때를 놓쳐
늘 뒤늦게 흐르고

말도 느리고
걸음도 느리고
생각도 느리고

느린 내가
느릿느릿
꽃 피는 봄 길을 간다

팔랑팔랑 나비 뒤로
작은 꽃들 웃는 게 보이고

쉬엄쉬엄 가

대지의 조용한 목소리도 들리고

벌레처럼

선생님, 파종을 하고 날마다 밭에 가서 하루가 다르게 자라는 옥수수 보며 뿌듯했습니다 드디어 옥수수가 태풍을 이겨 내고 수염이 마르기 시작했습니다 농사꾼으로 첫 수확이에요 가끔가다 꿈틀거리는 벌레가 있을 수도 있습니다 살아 있는 유기농 인증 마크라고 생각해 주세요 우리도 지구한테는 벌레 같은 존재 아니겠습니까?

왜 아니겠니 한울아!
네가 보내 준 옥수수
꼭꼭 씹어 먹고 있다
한 마리 벌레처럼

하얀 종이 위에 적은 대답

송선미 동시인·『동시마중』 발행인

1

남호섭의 시는 단호한 단어나 빛나는 문장 대신 오밀조밀 혀
를 내미는 이야기들을 좋아한다.

나뭇가지마다
새로 시작되는 이야기

한 편 한 편
눈으로 읽다가
한 편 한 편
귀로 듣다가

푸드덕,
이야기 밖으로
날아가는 멧비둘기

　　　　　　　　　　　　　　—「봄 숲」 전문

"이야기 밖으로" 날아간 새는 어딘가에 내려앉아 제가 알게
된 나뭇잎의 이야기를 노래할 것이다. 그리고 새가 들려준 이
야기는 다시 이야기 밖으로 날아가 "새로 시작"될 것이다. 그
런 의미에서 남호섭의 시는 이야기 밖으로 날아간 새가 들려준
이야기이고, 새의 이야기가 끝나면서 새로 시작되는 이야기이
고, 이야기 밖으로 날아간 새에 관한 이야기이다.

보경 쌤과 자전거를 탄다
옛 하동역은 폐쇄됐지만
철길은 멋진 자전거 길로 되살려 놓았다

자전거로 철교를 건너
섬진강이 바다와 만나는
망덕 포구까지 간다

망덕 포구는 정병욱 옛집이 있는 곳
친구 윤동주의 육필 원고를

마룻장 밑에 숨겨 지켜 낸 곳

나는 두 사람의 우정에 대해 얘기하고
보경 쌤은 시인의 고향
명동촌에 답사 갔던 얘기를 하고

몸이 아파 학교를 휴직 중이지만
보경 쌤은 칠 년 동안이나
국가 보안법과도 싸워 이긴 사람

자전거 길 종점인 배알도가
빤히 보이는 포구 식당에 앉아
졸복탕을 먹으면서
우리는 다시 돌아갈 힘을 낸다

— 「망덕 포구」 전문

산청 간디학교 교사 최보경은 2008년 국가 보안법 위반 혐의
로 기소되어 2015년 대법원에서 최종 무죄 판결을 받았다. 폭
압에 맞서 끝까지 싸워 이긴 사람이다. 「망덕 포구」는 이 사실
을 자전거 타고 가 졸복탕을 먹고 돌아오는 이야기로 전한다.
두 그릇 졸복탕 위에는 "한 점 부끄럼이 없기를"(「서시」)이나
"내가 사는 것은, 다만,"(「길」)과 같은 윤동주의 시 구절이 이를

지켜 낸 정병욱의 사연으로, 윤동주를 기억하려는 답사의 걸음으로 무심히 올려져 있을 것이다. 이야기는 망덕 포구에서 정병욱으로, 윤동주에서 명동촌으로, 최보경에서 남호섭으로 이어지면서 다시 시작된다.

언제 시작됐는지 알 수 없는 옛날이야기부터 현재의 모순들이 잉태된 한국 근현대사의 이야기를 거쳐 시인이 생을 함께했던 산청 간디학교와 시골 마을 이야기들까지, 시인의 이야기는 "골짝이 부풀고/폭포가 터"(「첫나들이폭포」)지듯 호기롭고 생생하다. 일제 강점기 도쿄의 제국 호텔 연회장에서 벌어졌다는 조선 호랑이 고기 시식회 이야기, 1930년 뉴욕의 한 법정에서 죄인이 물어야 할 벌금을 자신과 방청객들에게 선고했다는 어느 판사 이야기, 1936년 베를린 올림픽에 참가하기 위해 손기정이 부산에서 베를린까지 기차를 타고 갔다는 믿기 힘든 이야기, 1967년 지리산이 우리나라 최초의 국립 공원으로 탄생하였다는 이야기…….

1917년 도쿄의 제국 호텔 연회장(「호랑이 시식회」)은 2020년 JTBC 방송(「망명 1」)으로, 1930년 뉴욕의 법정(「라과디아 판사」)은 2011년 대한민국 창원 지방 법원 소년 법정(「지갑」)으로 이어지고, 1936년 조선 청년 손기정을 태우고 달리던 기차는 2018년 대륙 열차와 2022년 통일의 꿈으로 이어진다. 우리나라 최초의 국립 공원 지리산(「우종수 약전」)은 세계 최초의 국립 공원 옐로스톤(「늑대가 돌아오면」)으로, 다시 백두 대간 국립 공원(「백두 대간」)으로 이어지며 폭력적 역사의 시간에 희생되어 박제로만 남은 줄 알았던 호랑이들(「호랑이 시식회」, 「백발노인 강우규」, 「덕유산 호랑이」, 「세 개의 이름」, 「김형률」 등)에게 숨과 살을 불어넣는다. 멸종된 줄 알았던 그들이 실은 망명 가 있었던 것임을 새롭게 환기하며, '거기-과거'에 속하였던 것들이 스스로 걸어 '지금-여기'로 귀환할 수 있도록 한다.

2

『이제 호랑이가 온다』에 수록된 대부분의 작품들은 시인이 "나뭇가지마다/새로 시작되는 이야기"를 눈으로 읽고 귀로 들은 것이다. 남호섭의 시는 주체의 내면을 일인칭 화자가 서술하는 통상적인 서정 장르의 발화 방식과 매우 다른데, 따라서 그의 시에서 누가 어디에서 어떻게 말하고 있는지를 살피는 일은 이야기의 내용만큼이나 흥미롭다. 남호섭의 시는 대개 취재와 인용의 방식으로 제출된다. 인용은 책이 출처인 경우(「후쿠시마에 남겨진 동물들」, 「멸종」, 「호랑이 시식회」 등), 사람의 말이 출처인 경우(「탑 밑에 사는 할배」, 「망명 1」, 「지갑」, 「화가」, 「길」, 「전설 1」, 「전설 2」 등), 지명이 출처인 경우(「첫나들이폭포」, 「백두 대간」, 「늑대가 돌아오면」, 「망명 1」, 「망명 2」 등)로 가름해 볼 수 있다. 출처가 분명한 인용은 남호섭 시의 주체가 일인칭 화자의 주관에서 벗어나 자신이 사는 세계의 공동체적 의제를 다루는 방식을 보여 준다.

> 미안하다 학생아 미안해
> 저에게 되풀이하여 말하시더니
> 결국 전경 오빠들에게 나지막하게
> 길 터 줘라
> 저만 조용히 보내 주시는 거였어요
>
> 몇백 몇천일지 모르는 사람들 가운데 저만요
> 잠깐 고민했어요
>
> 여기 길 텄어요!
>
> 소리를 질러 시민들의 길을 확보할까
> 아니면 조용히 나만 지나갈까
>
> —「길」 부분

「길」은 안산 단원고 2학년들과 동급생인 안미루가 시인에게 보낸 휴대 전화 문자 메시지를 행갈이만 해서 그대로 옮긴 것이다. 「길」의 처음 제목은 「안미루」였다. 발표된 지면 시작 노트에서 시인은 세월호 유가족이 학교에 방문했던 일화와 아이의 이름을 딴 '최성호 책꽂이'를 마련한 일을 소개하며 "우리 가슴속에 묻은 단원고 아이들과 다행히 세월호에 타지 않아 살아 있는 아이들에게 어떤 시를 읽혀야 할까요. 우리는 어떤 시를 써야 할까요?"(김남극 외, 『처음엔 삐딱하게』, 창비교육, 2015) 라고 자문한다.

"다행히"라는 한마디가 가르는 '너'와 '나'의 경계가 아리고 날카롭고 매섭다. 죽은 최성호는 왜 이 최성호가 아니라 저 최성호란 말인가. 그때 거기 있던 '너'는 다행히/하필 나의 아이들이, 다행히/하필 나의 아들이, 다행히/하필 내가 아니었다. 나 안미루는 산 최성호였다가 죽은 최성호였다가 죽은 최성호의 아버지였다가 안미루의 아버지였다가 경찰 아저씨가 된다. 당위의 길과 연민의 길 사이에서 갈등하며 눈물 흘리는 화자 안미루의 고민은 메시지를 받아 든 시적 주체(시인 교사)에게 포섭되지 않고 오롯하다. 고민의 주체는 화자 안미루에서 메시지의 수신자로, 다시 독자로 이어진다.

3

남호섭의 시는 자의적이거나 불분명하거나 여러 겹의 해석을 지니지 않는다. 그는 은유, 아포리즘, 묘사, 해석을 거의 사용하지 않는다. 그의 시는 그림보다 사진에 가깝다. 그가 셔터

를 누르거나 오려 둔 기사에 밑줄로 요약하여 전하는 이야기는
모두 검색 가능한 사건, 사고, 인물, 지명 들이다. "픽션의 문제
점은 그게 너무 말이 된다는 점이다. 반면 현실은 결코 앞뒤가
맞지 않는다."(올더스 헉슬리) 그래서 그의 시에는 농담이 조미
되어 있다.

세계에서 가장 유명세를 탄 변기는
마르셀 뒤샹의 변기일 것이다
그는 남성용 소변기에다 '샘'이란 제목을 붙임으로
현대 미술을 그 이전과 이후로 갈랐다
1917년의 일이다

그해 윤이상이 태어났다
서양 음악에 우리 사상과 우리 소리를 결합해
이전에 없던 음악을 작곡하자
콧대 높은 베토벤과 모차르트의 후예들이
그를 현대 음악의 5대 거장으로 꼽았다

통영에 윤이상을 기념하는 공원이 만들어졌고
(얼마 전까지 윤이상이란 이름을 쓸 수 없어 '도천테마공
원'이라고 했는데 공원 안 건물 이 층에 유품도 전시하고 있
었다 찾아가기 어려워서 멀리서도 잘 보이는 '테마 24시 사

우나'를 이정표 삼곤 했다)

유품 중에는 어린 윤이상이 쓰던
조그만 놋쇠 요강도 전시돼 있다
동글동글 온음표를 닮은 듯
달항아리를 닮은 듯
조명을 받아 어여쁘기도 하다

고 앙증맞은 요강 뚜껑을 열고
쫄쫄쫄 볼일을 보던 꼬마는
그러나 영영 집에 돌아오지 못했다
　　　　　　　　　—「윤이상의 요강」 전문

　「윤이상의 요강」은 "온음표를 닮은 듯" "조명을 받아 어여쁘기도" 한 놋쇠 요강을 거장의 시그니처로 만들었다. 이 동양의 오브제는 현대 음악의 거장을 현대 미술의 거장과 이으며 윤이상의 세계사적 위치를 드러낸다. 마르셀 뒤샹이야 그렇다 쳐도 (역사적 사실이니까) 윤이상의 위상이 소변기로 자리매김되는 방식은 유머러스하고 아이러니하다. 뚜껑까지 앙증맞은 이 요강이 놓인 장소는 생전에는 돌아갈 수 없었던 고향 통영 땅에 세워진 기념관인데, 명칭이 '윤이상 기념관'이 아니라 '도천테마공원'이었다. '테마'라는 글자로 '윤이상'이라는 테마를

지워 버린 것이다. 우리는 윤이상의 요강이 놓인 이 모습을 통해 분단의 현실을 실감하게 된다. 이곳을 밝히는 '테마 24시 사우나'의 이정표는 요강을 비추면서 '윤이상'이라는 이름을 오도(誤導)하고 호도(糊塗)한 역사의 시간과 '도천테마공원'이라 명명하였던 시대(이는 다시 「망덕 포구」의 '보경 쌤'과 이어진다)를 함께 비춘다.

망명객이 되어 끝내 고향에 돌아오지 못한 윤이상을 제대로 된 그의 자리에 귀환토록 이끄는 것은 시인의 넓은 보폭이다. 시인은 "쫄쫄쫄 볼일을 보던", "그러나 영영 집에 돌아오지 못"한 꼬마 윤이상이 어떻게 "서양 음악에 우리 사상과 우리 소리를 결합"했는지, 왜 "현대 음악의 5대 거장"인지, '동백림 사건'이 무엇인지, 왜 "윤이상이란 이름을 쓸 수 없어 '도천테마공원'이라고" 했는지 이야기하지 않는다. 첨예한 갈등 대신 인상적인 사물(「기차표」, 「지갑」, 「시인 3」 등)이나 한 컷 사진을 연상케 하는 순간(「호랑이 시식회」, 「백발노인 강우규」 등)으로 인물을 조명하는 남호섭의 시는 생략이 많다. 공백을 메우는 것은 독자들의 몫이다. 독자들은 제 나름의 검색을 통해 비워진 행간을 채우게 되는데, 윤이상의 이름을 빼앗은 정권이 교체되고 윤이상의 묘소에 동백나무가 심긴 사연에 이르면 윤이상의 이야기는 2022년을 사는 우리의 고민과 만나게 된다.

나는 다른 지면에서 「탑 밑에 사는 할배」를 읽으며 '남호섭의 시는 검색어를 바꾼다'고 적은 적이 있다. 그때 만난 검색어 '아즈마 히로키'와 '다크 투어리즘'을 「후쿠시마에 남겨진 동물들」이나 「김형률」에서 다시 만나 '관광객의 철학'(아즈마 히로키, 『관광객의 철학』, 리시올, 2020)으로 읽을 수 있었다. 새로운 검색어 '피폭소와 살다'도 이곳에 적어 두고 싶다. 남호섭의 시가 그렇듯 좋은 것의 전파는 기록에서 시작되기 때문이다. "인간은 복수의 의사소통 회로에 사로잡힌 존재이며 이러한 회로의 네트워크 전체를 조망하는 시점을 획득하는 것은 원리상 불가능하다"(아즈마 히로키, 『철학의 태도』, 북노마드, 2020)는 관점이 유효하다면, 보폭이 큰 남호섭의 시는 다층적으로 이야기를 소비하는 현재의 독자들을 예상치 못한 곳에 데려다 놓을 것이다. 그곳이 시인이 계획하고 의도한 목적지가 아니라서, 가르침에 치우칠 수 있었던 공동체적 가치와 사회적 요청에서 당위는 사라지고 태도만 남았다. 독자가 스스로의 걸음으로 찾아간 곳이라서 그의 의지가 있고, 전체의 조망을 포기한 상상이라서 가능한 희망이 있다.

4

지리산 불일폭포 뛰어내릴 때
어린 물방울 형제는 몰랐다

앞으로 열 번 백 번
더 뛰어내려도

천 번 만 번
흩어졌다 다시 뭉쳐도

되돌아올 수 없는
먼 길이 시작됐다는 것을

—「먼 길」 전문

"걱정 마 너는 잘될 거야"(「이번 시즌은 망했다」). 시인은 희
망의 당위를 상식으로 내세우는 대신 오래 관찰하여 얻은 사
실이나 스스로 경험하여 알게 된 일들을 적는다. "당연한 얘긴
데" 잘 안 된다는 것을(「낮은 문」). 어떤 일을 간절히 바라고 갖
은 노력을 다한다고 해서 모두 이루어지는 것은 아니라는 것
을(「이번 생은 망했다」). "살 길을 찾는다는 게 기실은 정반대의
결과로 이어지는 일은 드물지 않"(남호섭, 「미완성으로 완성된
시집」, 정해강, 『내가 모르는 저 숲이 먼저 나를 알아본다』 발문, 작
은숲, 2020)다는 것을. 그런데도 우리 생은 단 한 번뿐이라는 것
을(「먼 길」). 길이 사람에 따라 다른 걸음과 다르게 찍히는 모든
발자국을 받아들이듯이 우리가 '망했음'을 받아들일 때, 우리

의 생도 어쩔 수 없음을 받아들이며 현재의 시간을 이어 나가 현재의 자신을 다른 장소에 데려다 놓을 수도 있다. 그러니까 "이번 생", "이번 시즌", '지금'이라는 삶은 아직은 가는 '도중(道中)'이란 말이다. 예상 가능의 안전한 우물에서 나와 우연의 길을 걸을 때 우리는 한 번도 해 본 적 없는 가능을 상상하거나 뜻밖의 존재를 만날 수도 있다.

풍년새우가 우리 연못에 나타났어 연못은 웬 연못이냐고? 몇 달 전에 우리 집에 자주 오는 택배 기사님이 연꽃 씨를 주고 갔잖아 이 집에는 연못이 있으면 딱 좋겠다고 하면서 이렇게 저렇게 방법도 알려 주고

어떻게 해 연못을 팠지 미리 싹도 틔웠어 그리고 꼭 논흙에 심어야 한다 해서 논흙도 얻어다가 물을 채우고 연꽃 씨를 심었지 이 모든 일이 미리 짜 놓은 것처럼 착착 진행되더라고

연잎이 쑥쑥 자라 동그란 잎이 연못을 덮기 시작했어 그때쯤 그 애들이 나타난 거야 잠자리 날개처럼 속이 다 비치는 몸통에 빨간 꼬리가 두 개, 물속을 날아다니는 듯 마치 춤을 추는 듯 마른 논흙에서 잠자고 있던 작은 알들이 깨어난 거야

얘들은 사막 같은 데서 만 년도 버틸 수 있다는 거야

우리 집 작은 연못엔 첫 연꽃이 아직 피지 않았는데 만 년 만에 알에서 깨어난 듯 풍년새우가 나타난 거야

— 「풍년새우」 전문

남호섭은 1990년 경주의 사립 중학교에서 교사 생활을 시작하였고, 1992년 시인으로 첫발을 내디뎠다. 2001년 산청 간디학교로 옮겨 2019년 교장으로 퇴임할 때까지 경남 산청에서 사람들과 함께 살았고, 그 삶을 시로 썼다. 그는 시인으로서도 보폭이 커서 『이제 호랑이가 온다』는 『타임캡슐 속의 필통』(1995), 『놀아요 선생님』(2007), 『벌에 쏘였다』(2012)에 이어 10년 만에 펴내는 시집이다.

이야기를 하는 시인 앞에는 언제나 이야기를 듣는 사람이 있다. 지극히 사적인 첫사랑을 조근조근 적어 내려가는 순간에도 시인은 "놀아요 선생님, 첫사랑 얘기해 주세요." 하고 조르는 교실의 아이들을 상상한다. 바라보는 눈동자가 마주 보는 눈동자와 같은 장소에 있다면, 바라보는 눈동자에도 마주 보는 눈동자에도 눈부처가 비친다. 호랑이의 월경(越境)을 '사랑'이라고 했던가(「사랑」). 마주 보는 눈동자는 이야기하는 사람을 중학교 2학년 남학생으로 만들었다가(「첫사랑 1」), 갓 부임한 총각 국어 선생님으로도 만든다(「첫사랑 2」). 아이의 꿈은 시인의

꿈으로 이어진다(「꿈」).

　"내 삶이 곧 내 메시지입니다"라는 문장은 어디선가 간디가 했다는 범용한 대답이 아니라 듣는 이들을 앞에 세우고 하는 선언이다. 회고의 기록이 아니라 비추어 돌아보게 될 거울이다. 그것이 "하얀 종이 위에"(「간디」) 적은 대답이라 더욱 그렇다. 종이에 적힌 말은 선생이 교실에서 하는 좋은 말과 달라서, 멀리 퍼지고 오래 남는다. 적힌 말(시)은 오래 남아 적은 사람(시인)을 기억하기 때문이다.

　교사가 되고 시인 된 것이 좋아 한 번씩 다리를 꼬집어 보던 시절, 내 삶에 가장 큰 가르침을 주신 손춘익 선생님. 선생님 너무 일찍 돌아가시고, 한 세월 지나 선생님의 손자가 일부러 우리 학교를 찾아와 내 제자가 되었다. 막상 가르칠 게 없었다. 선생님께 배운 대로 행해야 할 때, 내 뒷모습을 늘 삼갈 뿐이었다. 그런 나는 겨우 스승의 날에만 사모님께 안부 전화를 드린다. 사모님은 아직도 내게 존대를 하신다. 손자의 선생님이라고.

　거의 같은 때, 두 제자가 전화를 했다. 엄마가 되었노라고. 경기도 사는 진솔이는 자기의 위대한 아기를 위해 시 한 편 써 보심이 어떻겠느냐고. 인도네시아에 사는 현주는 자기를 꼭 닮은 아기 사진도 보내왔다. 개미라는 별명의 현주는 학교 다닐 때 나를 졸졸 따라다니면서 자기도 시에 써 달라고 졸라 대고는 했다. 임길택 시인의 시 「양선이」처럼 나도 내 학생들을 시의 주인공으로 삼고 싶어 그렇게 했다. 다들 좋아했다.

　가까이에 내 시를 아끼는 두 시인이 있다. 한 사람은 내 시를 '청소년시'로 묶어 내야 한다고, 한 사람은 그동안 해 왔듯이 '동시'로 묶어야 한다고. 두 사람 말을 들을 때마다 귀가 얇아지곤 했다. 동시집으로 세 권을 냈지만, 하고 싶은 내 얘기를 학생들과 나눈다는 심정으로 그저 썼을 뿐, 나에게는 '동시'와 '시'의 경계가 없었다. 김이구 선생이 떠오른다. 첫 동시집을 묶어 낼 때도 도움을 받았는데, 청소년시선을 시작할 때도 같이 하자고 권유해 주셨다. 많이 늦어 죄송하다.

　원고를 넘기기 전, 마지막으로 노트북 화면을 보면서 내가 쓴 시를 필사했다. 남의 시도 잘 필사하지 않던 손이 아팠다. 어깨도 아프고 목도 아프고. 어느 대목에서는 조사 하나에 턱, 걸려 이랬다저랬다 머리도 아팠다. 겨우겨우 필사를 마치고 나는 혼자 생각했다. '이게 다인가?' 좋은 선생이 되고, 좋은 시인이 되고 싶었는데, 둘 다 참 막연했던 게 아닌가. 그래도 그 막연함이 나를 여기까지 끌고 왔다. 그래서, 이게 다다.

2022년 새봄을 맞으며
남호섭

창비청소년시선 40

이제 호랑이가 온다

초판 1쇄 발행 • 2022년 4월 30일

지은이 • 남호섭
펴낸이 • 강일우
편집 • 정미진
조판 • 이주니
펴낸곳 • (주)창비교육
등록 • 2014년 6월 20일 제2014-000183호
주소 • 04004 서울특별시 마포구 월드컵로12길 7
전화 • 1833-7247
팩스 • 영업 070-4838-4938 / 편집 02-6949-0953
홈페이지 • www.changbiedu.com
전자우편 • textbook@changbi.com

ⓒ 남호섭 2022
ISBN 979-11-6570-111-6 44810

＊이 책 내용의 전부 또는 일부를 재사용하려면
　반드시 저작권자와 (주)창비교육 양측의 동의를 받아야 합니다.
＊책값은 뒤표지에 표시되어 있습니다.